rororo

ro
ro
ro

Rainer Moritz

Der kleine Schlafberater

Mit Zeichnungen von Ole Könnecke

Rowohlt Taschenbuch Verlag

Veröffentlicht im Rowohlt Taschenbuch Verlag,
Reinbek bei Hamburg, Oktober 2006
Lizenzausgabe mit Genehmigung von
Sanssouci im Carl Hanser Verlag München Wien

Umschlaggestaltung anyway, Cathrin Günther
unter Verwendung des Originalumschlags von
Sanssouci im Carl Hanser Verlag
(Illustration: Ole Könnecke)
Satz ITC Eras PostScript, InDesign,
bei Pinkuin Satz und Datentechnik, Berlin
Druck und Bindung Clausen & Bosse, Leck
Printed in Germany
ISBN 13: 978 3 499 24276 2
ISBN 10: 3 499 24276 1

«Wenn man wacht, muss man was erleben können,
und wenn man schlafen will, muss man schlafen können.»
Eduard von Keyserling, **Wellen**

Einleitung

Hans Christian Andersen erzählt in seinem Märchen «Die Prinzessin auf der Erbse» davon, wie leicht es ist, Menschen am Schlaf zu hindern. Als es darum geht, die Herkunft einer Prinzessin zu überprüfen, platziert die Mutter des heiratswilligen Prinzen eine einzige Erbse unter zwanzig Matratzen und zwanzig Daunendecken. Doch die Empfindsamkeit einer echten Prinzessin lässt sich nicht täuschen. Am nächsten Morgen fühlt sie sich wie erschlagen und beantwortet die Frage nach ihrer Nachtruhe eindeutig: «‹Oh, entsetzlich schlecht!›, sagte die Prinzessin. ‹Ich habe fast die ganze Nacht kein Auge zugetan! Gott weiß, was da im Bett gewesen ist? Ich habe auf etwas Hartem gelegen, sodass ich völlig braun und blau am ganzen Körper bin. Es ist ganz entsetzlich!›»

Man muss nicht adliger Herkunft sein, um unter Schlafproblemen zu leiden, und nicht immer sind es Hülsenfrüchte, die diese verursachen. Zwanzig Millionen Deutsche – so schätzt man – haben mit (Ein-)Schlafschwierigkeiten und deren unangenehmen Folgen zu kämpfen.

Ausreichend und entspannt zu schlafen, das lässt sich nicht befehlen oder durch exakt zu planenden Trainingsdrill herbeiführen. Doch guter Schlaf fällt auch nicht vom Himmel: Unsere Lebensgewohnheiten beeinflussen ihn, und wir können Voraussetzungen schaffen, die uns zu besseren Schläfern machen.

Schlafen lässt sich lernen oder zumindest steuern – nicht nur bei quengelnden Kleinkindern, die im nichtschlafenden Zustand die Nerven ihrer Eltern ruinieren.
Dieses kleine Buch will Tipps geben und als nützlicher wie leichtfüßiger «Schlafberater» dienen. In die Assistentenrolle schlüpften wahre Spezialisten: die Murmeltiere, die als Referenz vorweisen können, sieben Monate des Jahres in langen und tiefen Schlaf zu verfallen. Gute Nacht!

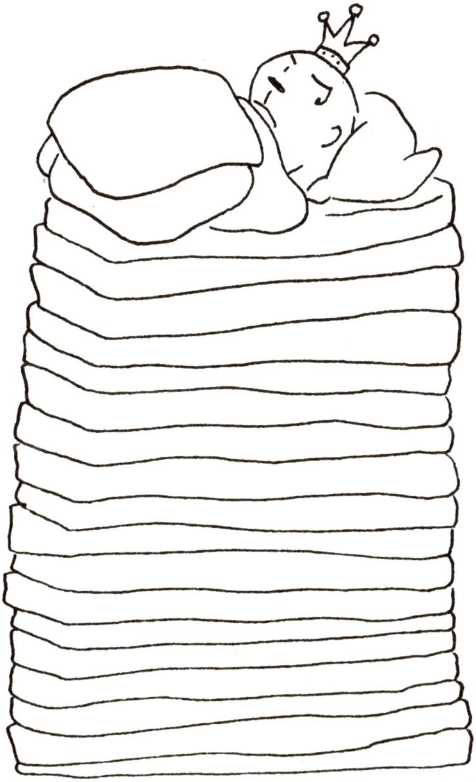

Man muss nicht adliger Herkunft sein, um unter Schlafproblemen zu leiden.

schlafen stV. aus g. *sloep-a- stV. ‹schlafen›. Vergleichbar mit lit. slõbti ‹schwach, schlaff werden›, akslav. slabŭ ‹schwach›. Auszugehen ist also von ag. *slāb- ‹schwach werden›.
Friedrich Kluge, Etymologisches Wörterbuch der deutschen Sprache

Schlafberatung f. Vermittlung einer Vielzahl von Tricks und Kniffen, die den Schlafwilligen die Kunst des ‹Schwachwerdens› und Loslassens lehren: wie man den Tag beschließt, wie man Körper und Geist entspannt und wie man sich bettet.

Schlaf – was ist das?

Theorie

Das große DUDEN-«Wörterbuch der deutschen Sprache» definiert Schlaf als einen «der Erholung des Organismus dienenden Zustand der Ruhe, der Entspannung, in dem die Augen gewöhnlich geschlossen, das Bewusstsein ausgeschaltet und viele Körperfunktionen herabgesetzt sind». Der Schlaf ist ein Prozess des Gehirns, der Auswirkungen auf sämtliche Organsysteme hat und sich in den verschiedenen Schlafphasen unterschiedlich äußert. Er dient vorwiegend der Ordnung der am Tage gewonnenen Erkenntnisse und Sinneseindrücke, die ohne Schlaf ein heilloses Durcheinander in unserem Gehirn auslösen würden. Nicht umsonst gilt dauerhafter Schlafentzug als eine der grausamsten Foltermethoden.

Durchschnittlich ein Drittel unserer Lebenszeit schlafen wir – was für aktive und unruhige Menschen fast bedrohlich wirkt. «Schlafen kann ich, wenn ich tot bin», hat der Filmregisseur Rainer Werner Fassbinder seine Abneigung gegen den – vermeintlich – unproduktiven Schlaf formuliert, und unsere Umgangssprache kennt viele Redewendungen, die den Schlaf in ein schlechtes Licht rücken. Als «Schlafmützen» oder «Schlaftabletten» bezeichnet man träge Mitmenschen, die sich durchs Leben schleppen, ohne jemals als schnelle Denker oder zupackende Akteure aufzufallen. Napoleon, Frankreichs tatendurstiger Kaiser, wusste mit schlaffreudigen Zeitgenossen nichts anzufangen: «Vier

Stunden Schlaf für den Mann, fünf für die Frau und mehr für die Dummköpfe». Schlecht erzählte Geschichten oder fade Ansprachen gelten als «einschläfernd», und Robert Schneiders Erfolgsroman **Schlafes Bruder** kreist gar um den Satz «Wer liebt, schläft nicht», eine Behauptung, die vielleicht sogar als Umkehrschluss funktioniert: «Wer nicht liebt, schläft.»

Der Schlaf genießt ein zwielichtiges Ansehen – obschon, wer einmal über längere Zeit hinweg nicht ein- oder durchzuschlafen vermag, den endlich wiederkehrenden Schlaf nicht genug wird loben können. Wissenschaftler haben nachgewiesen, wie wichtig der Schlaf für den Menschen ist: Sie unterscheiden zwei sich abwechselnde Schlafphasen, den Tiefschlaf (NON-REM- oder SEM-Schlaf = **slow eye movement** = bei dem sich die Augen hinter den geschlossenen Lidern langsam bewegen) und den Traumschlaf (REM-Schlaf = **rapid eye movement** = bei dem sich die Augen rasch bewegen). Der Tiefschlaf ist insbesondere für unsere körperliche Erholung zuständig, während der Traumschlaf, der verstärkt in der zweiten Schlafhälfte auftritt, für emotionale Entlastung sorgt und deshalb als «Putzlappen der Seele» bezeichnet wird. Der Schlaf ist also nicht nur ein notwendiges Übel, im Gegenteil, es gibt gute Gründe, warum wir es nicht mit Napoleon halten sollten …

«Vier Stunden Schlaf für den Mann, fünf für die Frau …»

Warum schlafen?

Alles zu seiner Zeit

Ginge es nicht auch ohne Schlaf? Zumal sich die 24 Stunden des Tages partout nicht ausdehnen lassen und wir so viel Unaufschiebbares zu erledigen haben? Warum ein Drittel seiner Lebenszeit an einen Zustand verschenken, den Joseph Haydn als «kurzen Tod» bezeichnete?

«Alles zu seiner Zeit» – die althergebrachte Regel gilt auch hier. Deutschlands langjähriger Fußball-Nationaltorhüter Sepp Maier hat dies unmissverständlich auf seinen Berufsstand übertragen: «Ein Torwart muss Ruhe ausstrahlen, er muss nur aufpassen, dass er dabei nicht einschläft.» Nur ein ausgeschlafener und aufgeweckter Torwart wird die Balance zwischen Ruhe und Aktivität halten – eine Balance, die in vielen anderen Lebenssituationen ebenso entscheidend ist.

«Ein Torwart muss Ruhe ausstrahlen, er muss nur aufpassen, dass er dabei nicht einschläft.»

Den Seinen gibt's der Herr im Schlaf

Wer gut schläft, sieht und fängt nicht nur den Ball besser, sondern betrachtet die Hindernisse des Privat- oder Berufslebens mit anderen Augen. Der Ratschlag, vor wichtigen Entscheidungen eine Nacht darüber zu schlafen, beruht auf dieser Erkenntnis. Im Traumschlaf verarbeiten wir vermeintlich ausweglose Situationen. Er belebt, und er vertreibt die psychische Müdigkeit, sodass wir am nächsten Morgen mit frischem Mut an unsere Aufgaben herangehen. Die Probleme kommen ohnehin von ganz alleine.
Wer vom Schlaf erholt ist, fühlt sich besser ... und sieht besser aus. Attraktiv gebliebene Schauspielerinnen wie Catherine Deneuve oder Senta Berger wissen, dass Gurkenmasken oder Wannenbäder in Buttermilch nicht genügen, um den Alterungsprozess hinauszuzögern und zu verschleiern: Die kluge Frau pflegt ihren vielleicht von einer Nachtcreme unterstützten Schönheitsschlaf, der Fältchen beseitigt und ein frisches Lächeln in die zarten Augenwinkel zaubert. «Wer schön sein will, muss schlafen», wirbt ein Freiburger Bettenhaus, dessen Verkäufer wissen, dass selbst Männer sich inzwischen darum bemühen, diese Lehre anzunehmen. Denn amerikanische Wissenschaftler fanden heraus, dass mangelnder Schlaf das Aussehen des Mannes beeinträchtige und Doppelkinn und Speckrollen zutage fördere.

«Den Seinen gibt's der Herr im Schlaf» – das gilt nicht nur für die Bewahrung und Wiederherstellung der Schönheit. Alle Schüler zumindest wissen, dass es dem Schlaf manchmal auf wundersame Weise gelingt, Lernstoff in unseren Köpfen zu verankern. Französisch-Vokabeln, chemische Formeln oder Balladen wie Schillers ‹Ring des Polykrates›, die wir vor dem Einschlafen beim besten Willen nicht beherrschten, setzen sich in den Gehirnwindungen fest, und am nächsten Tag sind wir überraschenderweise in der Lage, mit tadellosen Kenntnissen aufzutrumpfen: Der Traumschlaf hat den Stoff unmerklich ins Langzeitgedächtnis überführt. Und wer auf Nummer sicher gehen will, tut gut daran, die Formelsammlung oder das Reclam-Heft zusätzlich unter sein Kopfkissen zu legen: Was wir uns schlafend aneignen, beherrschen wir im Schlaf.

Mangelnder Schlaf beeinträchtigt das Aussehen des Mannes.

Schlaf ist unentbehrlich, weil:

- er unseren Energietank wieder auffüllt
- wir träumend den Tag bewältigen
- man sonst nie Dinge im Schlaf beherrschen würde
- er unser Leben verlängert und den Tag verkürzt
- wir putzmunter für unsere Umwelt (meistens) erträglicher sind
- die Nachtruhe Falten glättet – und manche Menschen schlafend ohnehin am besten aussehen

Nebenwirkungen

Der schlechte Schläfer hat es viel schwerer. Seine Morgenlaune ist übel, er fühlt sich gerädert, steht womöglich mit dem falschen Fuß auf und strahlt Gereiztheit aus. Darunter leidet er – und seine Umgebung. Der Unausgeschlafene knüpft weniger Kontakte zu anderen; seine Arbeitsleistung sinkt: Wer ständig gähnen muss, ist damit schon ausreichend beschäftigt.

Der schlechte Schläfer strahlt Gereiztheit aus.

Aber auch ein Zuviel des Guten ist schädlich. Wer schläft, sündigt nicht – gewiss, doch der notorische Viel- und Dauerschläfer muss mit allerlei unschönen Folgen seines handlungsarmen Tuns rechnen: Neue Bekanntschaften lassen sich schlafend selten machen. Wer sich vom Tageslicht zu häufig abschottet, neigt zu Depressionen und wird nach und nach zu einer traurig-trägen Gestalt, der es schwer fällt, sich aus den Kissen zu quälen. Und nicht zuletzt: Der Rücken wird auf die Überbeanspruchung durch permanentes Liegen mit Beschwerden reagieren. Die eingangs erwähnte Weisheit des Komponisten Haydn – «Tod ist ein langer Schlaf. Schlaf ist ein kurzer Tod» – verändert sich im Blick auf den Vielschläfer: Ausreichender Schlaf befördert ein langes Leben … und macht es den Rentenkassen nicht leichter. Kurzum, ununterbrochener Schlaf ist nur etwas fürs Grab, die letzte Ruhestätte.

Was beim (Ein-)Schlafen stört

Zu heiß, zu muffig, zu laut ...

«Heute Nacht muss ich mal wieder richtig durchschlafen!» Wer mit diesem Vorsatz ins Bett geht, hat schlechte Karten. Der verkrampft Schlafwillige liegt oft stundenlang wach in seinem Bett und wälzt sich mit all seinen guten Vorsätzen hin und her – zur Tortur des anbei liegenden Partners. Diesen nächtlichen Störungen lässt sich vorbeugen, manchmal zumindest. Einschlafschwierigkeiten sind oft hausgemacht. Zu heiß, zu muffig, zu laut, zu fett, zu feuchtfröhlich, zu aufregend, zu sorgenvoll … all das kann unser Leben sein, und all das beeinträchtigt den Schlaf.

Zu heiß

Ein Schlafzimmer ist keine Wärmestube. Auch wenn die Erfahrung lehrt, dass Frauen zu allen Zeiten unter kalten Füßen leiden, die der in diesem Fall gern gesehene Mann zu wärmen habe, braucht der Schlafraum keine Wohnzimmertemperatur: 16 bis 18 Grad reichen. Minusgrade allerdings sind zu meiden, da Eiszapfen am Bettgestell zwar schön anzusehen sind, Raureif auf der Bettdecke den Schlafgenuss aber in der Regel nicht erhöht.

Die ideale Temperatur im Schlafzimmer beträgt 16 bis 18 Grad.

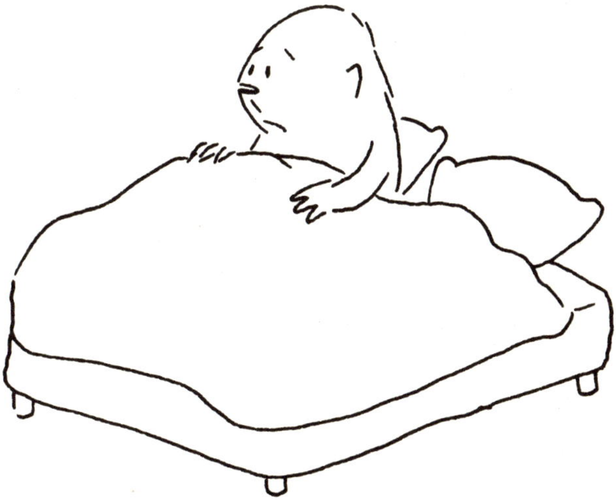

Ein Schlafzimmer ist keine Wärmestube.

Zu muffig

«Das Fenster bleibt zu!» – «Mach sofort wieder das Fenster auf!» – «Ich erfriere!» – «Ich ersticke!» – Kommt Ihnen dieser Schlagabtausch bekannt vor? Herrliche Debatten lassen sich darüber führen, ob das Fenster im Schlafzimmer geschlossen, geöffnet oder zumindest gekippt sein sollte. Richtig ist: Wer nicht ausgiebig lüftet, leidet unter verbrauchtem Sauerstoff und schläft schlechter. Dennoch ist es nicht notwendig, dass Männer ihre so glücklichen Zeltlagerjahre wiederbeleben und sich einbilden, nur bei eisigem Durchzug mannhaften Schlaf finden zu können. Eine kräftige Stoßlüftung vor der Nachtruhe leistet das Erforderliche. Die Sauerstoffzufuhr reicht für acht Stunden, die Füße der Frau dürfen sich aufwärmen, und der Mann – der ohnehin seltener unter Schlafproblemen leidet – ist längst eingedämmert, bevor er klagend anmerken kann, dass der beste Schlaf der im Freien sei und schon Reinhold Messner …

Lüften Sie ausgiebig vor dem Zubettgehen: Mangelnde Sauerstoffzufuhr führt zu schlechtem Schlaf.

Zu laut

Nachbarn, die um Mitternacht beginnen, ihre Räume mit Techno zu beschallen, die Müllabfuhr, die zu nachtschlafender Zeit loslegt, das leise, nervtötende Knacken im Heizungsrohr, das genau dann wiederkehrt, wenn unsere Augen endlich zufallen wollen ... Falls Sie sich nicht dazu entschließen wollen, ins hinterste hessische Bergland überzusiedeln, werden sich Lärmbelästigungen nie ganz vermeiden lassen. Versuchen Sie deshalb, das Schlafzimmer möglichst in einen ruhigen Teil der Wohnung zu legen. Und wenn gar nichts hilft und die Stadtverwaltung beschließt, Ihre Wohnung mit Autobahnzubringern einzukreisen, helfen Ohrstöpsel – die übrigens auch tagsüber bei anstrengenden Familientreffen oder Geschäftskonferenzen wertvolle Dienste erweisen.

Zu viel Lärm beeinträchtigt unseren Schlaf: Das Schlafzimmer sollte in einem möglichst ruhigen Teil der Wohnung liegen.

Zu fett und schwer

Immer mehr berufstätige Menschen nehmen ihre Hauptmahlzeit am Abend ein. Das kann gesellig und gemütlich sein – und ungesund. Was am späten Abend verzehrt wird, belastet den Magen und wird erst Stunden später – wenn man auf seligen Schlaf hofft – aufwendig im Körper verarbeitet. Magen und Darm geben ihr Letztes, anstatt sich gleichfalls zur Ruhe zu begeben. Also: keine Rindsrouladen, keine Gänsekeule, keine Pommes frites, Paprikachips, Sachertorten oder Gorgonzolahappen zur Abendstunde. Gewiss, unsere Nachbarvölker – die Franzosen zum Beispiel – kümmern sich darum wenig und finden Esseneinladungen vor 21 Uhr unpassend. Aber war es nicht auch Napoleon, der vier Stunden Nachtschlaf für ausreichend hielt? Vielleicht ist ein Kompromiss möglich: Wer französischer Kaiser werden möchte, sollte nach den Spätnachrichten Schwerverdauliches zu sich nehmen. Alle anderen nicht.

Vermeiden Sie üppige Mahlzeiten am späten Abend, die den Magen belasten und das Einschlafen erschweren.

Gehen Sie nicht mit vollem Bauch zu Bett. Das erschwert buchstäblich das Einschlafen.

Zu feuchtfröhlich

«Schütt' die Sorgen in ein Gläschen Wein»: Die Schlagerweisheit verleiht dem Schlummertrunk – dem Glas Bier oder Rotwein, das helfen soll, die Sinne sanft zu benebeln und den mobbenden Arbeitskollegen zu vergessen – ein Ansehen, das Mediziner nur begrenzt teilen. Dem steht schon die wissenschaftliche Erkenntnis von der konservierenden Wirkung des Alkohols entgegen. Wer abends im Übermaß Alkohol trinkt, fällt in einen narkotischen Schlaf und wacht meist nach einigen Stunden auf – ohne sich erholt zu fühlen. Und wenn kurz darauf der Radiowecker mit entsetzlich heiteren Melodien einsetzt, wirkt der Alkohol nach und lässt den neuen Tag mit einem Kater beginnen – und die Methoden des mobbenden Arbeitskollegen sind präsenter denn je.

Zu viel Alkohol verhindert das Durchschlafen: Sie werden nach wenigen Stunden durch die giftigen Abbauprodukte geweckt.

Wer abends im Übermaß
Alkohol trinkt …

fällt in einen narkotischen Schlaf …

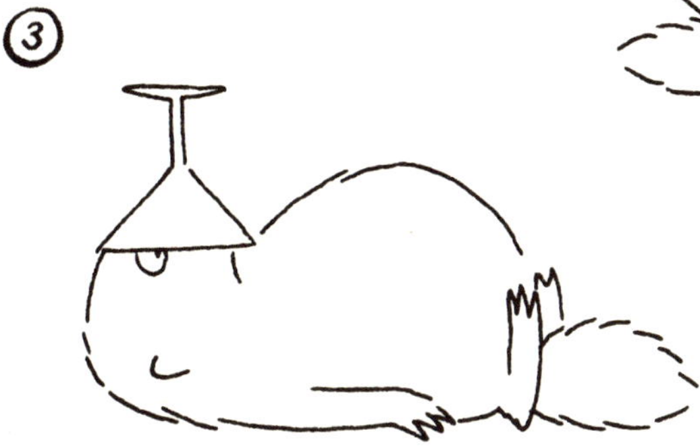

und wacht meist nach einigen Stunden auf – ohne
sich erholt zu fühlen.

Zu aufregend

Wer gut schlafen will, muss zuvor zur Ruhe kommen. Streit mit dem Partner oder den lieben Kleinen trägt man besser zu anderen Tageszeiten aus, da jedes unfreundliche Wort, das man sich abends an den Kopf geworfen hat, nachts als wabernde Sprechblase über dem Bett hängt. Den Tag ausklingen lassen: einen kleinen Spaziergang machen, ruhige Musik hören, ein Buch lesen (eher Fontanes **Stechlin** als Patricia Cornwells Krimis) – das sind gute Methoden, vom Trubel des Tages in das Reich des Schlafes hinüberzugleiten. Stress oder große körperliche

Anstrengung ist zu meiden, und wenn das Fernsehen für Sie – gegen allen medizinischen Rat – ein sympathisches Einschlafmedium ist, dann besänftigen Sie sich wenigstens durch eine langatmige Talkshow mit den üblichen Gästen und den immer gleichen Themen. «Gesundheitsreform» oder «Haushaltkonsolidierung» sorgen bald für die nötige Bettschwere.

Sorgen Sie mit einem guten Buch, Autogenem Training, ruhiger Musik oder einem kleinen Spaziergang für Entspannung vor dem Zubettgehen.

Auch die Bettlektüre will sorgfältig ausgewählt sein.

Zu sorgenvoll

Ängste lassen sich nicht auf Knopfdruck abstellen. Wer von Arbeitslosigkeit bedroht ist, Ärger mit Familie oder Freunden hat, um seine Gesundheit bangt oder sich maßlos über die Niederlage seines Fußballclubs ärgert, nimmt diese Qualen mit ins Bett. Sorgenfreiheit gibt es nicht, doch man kann lernen, sich Sorgen nicht zu nahe kommen zu lassen.
Welches Problem betrifft mich wirklich? Wo übertreibe ich, wo sehe ich vielleicht schwarz, wo interpretiere ich zu viel in ein Ereignis hinein? Sich diese Fragen zu stellen hilft, den scheinbar unüberwindlichen Problemberg zu relativieren und neue Gedanken zu fassen.

Ängste und Sorgen lassen sich nicht auf Knopfdruck abstellen.

Manches lässt sich offenen Auges und am hellen Tag steuern. Wen Sorgen um den Schlaf bringen, der muss versuchen, die tiefer liegenden Ursachen seiner Einschlafhürden zu beseitigen. Denn: Je später der Abend, je müder der Mensch, desto bedrohlicher wirken die Ärgernisse und Probleme, die sich im Laufe des Tages anhäufen, und diese grauschwarzen Schreckgespenster lassen sich nicht mit Rotwein, Tabletten oder einer Patrick-Lindner-CD vertreiben.

Legen Sie sich Zettel und Stift neben das Bett: Wenn Sie aufschreiben, was Sie bedrückt (Träume, Sorgen, zu Erledigendes), ist es erst einmal aus der Welt, und Sie schlafen leichter wieder ein.

Was guten Schlaf befördert

Was wann wo?

Wer weiß, was am Ein- und Durchschlafen hindert, hat viel gewonnen. Und wer vermeidet, was stört, dem gelingt es auch, seinen Schlafbedürfnissen mit Tricks und Kniffen nachzuhelfen. Zuallererst gilt es, die Schlafverhältnisse zu ordnen.

Das Schlafzimmer

Es sollte seinem Namen gerecht werden und sich von anderen Wohnräumen unterscheiden. Gewiss, es ist urgemütlich, im Bett **Die Sendung mit der Maus** zu sehen, Herz-Schmerz-Romane zu lesen, stundenlang mit Freunden zu telefonieren, morgens genüsslich Croissantkrümel zu verteilen und den Sportteil der Zeitung zu studieren. Wachen und Schlafen sollten aber strikt voneinander getrennt werden, und der Übergang von einem zum anderen fällt umso schwerer, je mehr Ablenkung der Schlafraum bereithält. Meiden Sie grelle Farben, verzichten Sie schweren Herzens auf sinnliche Rottöne und dunkeln Sie den Raum gut ab. Lichtempfindliche Menschen reagieren auf die wechselnden Mondphasen und klagen darüber, bei Vollmond nicht gut schlafen zu können.

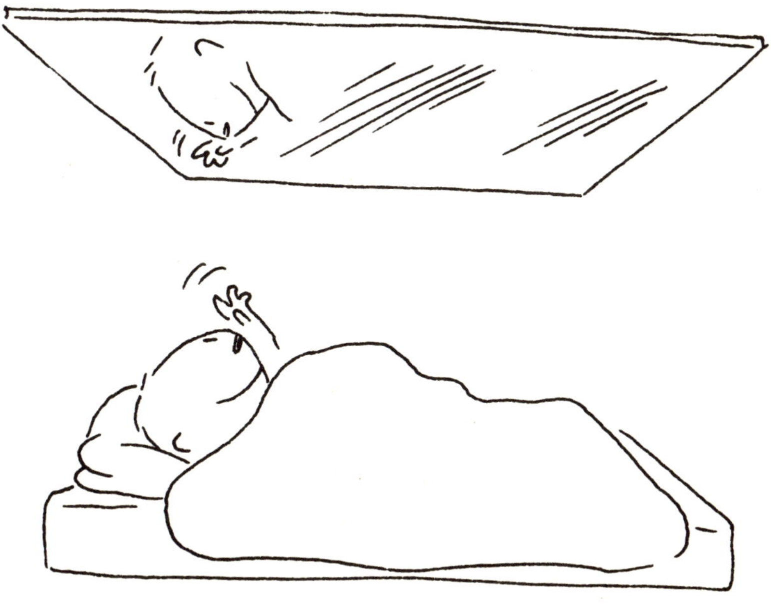

Der Trend, das Schlafzimmer zur Erlebnisstätte zu machen, lenkt von dem ab, was wir dort eigentlich tun wollen: schlafen.

Die alten Chinesen rieten übrigens davon ab, im Schlafzimmer Spiegel aufzuhängen. Einer ihrer Weisheiten zufolge löst sich die Seele im Traum vom Körper und würde beim Blick in einen Spiegel allzu sehr erschrecken. Dass Deckenspiegel im Schlafzimmer gern zur erotischen Stimulation eingesetzt werden, war den alten Chinesen vermutlich unbekannt. Entscheiden Sie selbst, ob Sie der Seele oder dem Eros mehr Gewicht beimessen.

Das Einschlafen fällt umso schwerer, je mehr Ablenkung Ihr Schlafzimmer bereithält. Dunkeln Sie den Raum gut ab und verbannen Sie den Fernseher ins Wohnzimmer.

Das Bett

Wie wir aus Loriots berühmtem Sketch («Hopsen Sie doch nicht so!») wissen, ist der Einkauf eines Bettes ein hoch komplizierter Akt, der Kunden wie Verkäufern das Letzte abverlangt. Moderne Unternehmen wie die Münchner Firma Duxiana bieten mittlerweile an, ihre Produkte, das gute Dux-Bett etwa, in einem vierzehntägigen Testliegen zu Hause zu erproben. Zufriedenheit ist das Ergebnis; Kundin Ines Engelage sagt: «Mein Dux-Bett gebe ich nicht mehr her!»

Der Einkauf eines Bettes ist ein hoch komplizierter Akt.

Ob daheim oder im Fachgeschäft: Bettgestelle wirken manchmal wie architektonische Meisterkonstruktionen, die vergessen lassen, welchem Zweck das komplizierte Gebilde dienen soll. Kunst am Bett nützt dem Schlafsuchenden wenig – deshalb empfiehlt sich auch hier klare Schlichtheit ... und vor allem eine nicht zu weiche, einteilige Matratze. Es genügt völlig, wenn wir in Hotelzimmern auf wachsweiche, durchgelegene, dreiteilige Uraltmatratzen treffen, die unseren Rücken quälen, und auf synthetische Überzüge, deren Vorleben wir erst gar nicht erfahren wollen.

Ob Partner sich eine Matratze teilen sollten, lässt sich nicht eindeutig beantworten. Der Hang zu getrennten Matratzen nimmt im Alter zu, wenn die Menschen sonderbarer und die Gewichtsunterschiede zwischen Partnern so groß werden, dass Körperdrehungen des einen eine Achterbahnfahrt für den anderen nach sich ziehen. Immerhin kommt es in einer Nacht zu bis zu 60 Stellungswechseln des Schläfers. Ein Schlafzimmer, eine Matratze – ein Schlafzimmer, zwei Matratzen – zwei Schlafzimmer, zwei Matratzen ... so ist der Gang der Geschichte.

Testen Sie ein neues Bett (Lattenrost und Matratze) ausgiebig, am besten zu Hause – Sie verbringen bis zu einem Drittel des Tages darin.

Beim Bettgestell empfiehlt sich klare Schlichtheit.

Kopfkissen und Bettdecken

Auch für sie gilt: Mit einem Exemplar auszukommen ist schön und zeugt von großer Zuneigung, doch auf Dauer kann es ratsam sein, zusätzliche Anschaffungen zu tätigen. Unwürdiger Streit und freigelegte Körperpartien lassen sich so leicht vermeiden. Bei Bettdecken sind atmungsaktive und leichte Füllungen zu bevorzugen: Für Allergiker empfiehlt sich eine Kunststofffüllung, während kälteempfindlichen Schläfern Füllungen aus Kamelhaar oder Schurwolle nahe gelegt werden.
Das Kopfkissen – idealerweise 40 × 80 cm groß – muss anpassungsfähig sein und den haltungsschädigenden «Knick» im Nackenbereich verhindern. Füllungen mit Dinkelspreu sind ausgesprochen angenehm und geben Großstädtern das längst vergessene Gefühl zurück, im knisternden Heu zu nächtigen.

Wählen Sie Kopfkissen und Bettdecke Ihren Schlafbedürfnissen entsprechend: Kunststofffüllungen für Allergiker und Naturfasern wie Schurwolle für Wärmebedürftige oder Baumwolle für Hitzeempfindliche.

Der Standort des Bettes

Nicht jeder wird es dem englischen Schriftsteller Charles Dickens gleichtun wollen und auf allen Wegen und Reisen einen Kompass mit sich führen, der ihm die korrekte Ausrichtung der Schlafstatt anzeigte. Denn selbst mit nautischem Werkzeug ist das Problem nicht leicht zu lösen: Im Zeitalter widerstreitender Feng-Shui-Lehren existieren zahllose Auffassungen darüber, wie und wo das schlafoptimale Bett zu stehen habe. Wasser- und vermutlich auch Gold- oder Öladern sind zu meiden. Mitten im Raum, direkt unter dem Fenster oder zwischen Fenster und Tür darf – so heißt es – das Bett nicht platziert werden, da es ansonsten von der positiven Energie, die von Raumöffnung zu Raumöffnung fließt, durchschnitten wird.

Manche Fachleute geben sehr konkrete Tipps: Professor Gerhard Rubenstroh-Bauer stellte mit wissenschaftlicher Genauigkeit fest, dass die Spanne zwischen dem Einschlafen und dem Auftreten des ersten REM-Gipfels bei Nordsüd-Schläfern 7 Prozent länger sei als bei Ostwest-Schläfern. Vielleicht lässt sich guter Schlaf aber auch dadurch erreichen, dass man den Namen Rubenstroh-Bauer zwanzigmal in langsamer Abfolge aufsagt, dann mit der Umkehrung Bauer-Rubenstroh fortfährt und zuletzt aus diesen Silben neue Doppelnamen formt und vor sich hin murmelt …

Stellen Sie das Bett möglichst an der Kopf- und an einer Längsseite an die Wand, da wir im Schlaf innerlich Geborgenheit suchen. Unter dem Fenster sollte es schon wegen der Zugluft nicht platziert werden.

Wasseradern unter dem Bett sind zu meiden.

Die Vorbereitung auf den Schlaf

Holterdiepolter sollte man nicht zu Bett gehen. Die Unterlagen für die Sitzung am nächsten Morgen ungelesen beiseite schieben, Baldriantee oder Milch mit Honig zu sich nehmen, den Körper – zumindest wenn man auf Pfarrer Kneipp hört und schwört – mit einem feuchten Lappen abwaschen … das sind Kniffe, die helfen, sich auf den Schlaf vorzubereiten. Und nicht zu spät dürfen diese Übungen einsetzen: Gorillas bereiten sich gegen 19 Uhr aufs Nachtlager vor, und weil dem Menschen

1

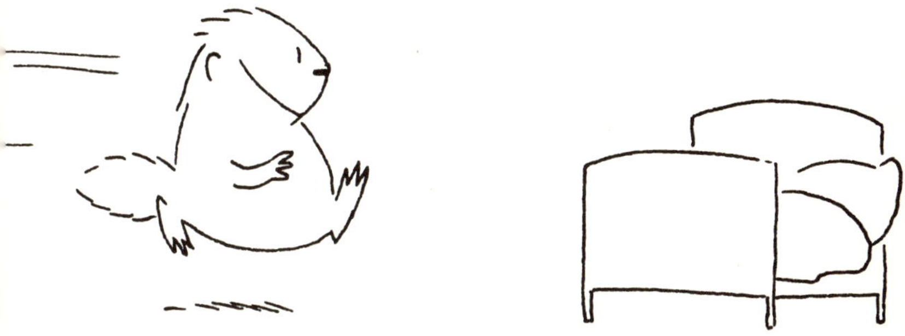

billig ist, was dem Affen recht ist, bietet es sich an, nach 21 Uhr ans Schlafen zu denken. Gähnen Sie ungeniert, wenn die Gäste nicht aufbrechen wollen. Spätestens wenn Sie als Gastgeber den Kopf auf den Tisch legen, gehen auch die hartnäckigsten Freunde, und bei der nächsten Einladung wissen alle Bescheid, wann und was die Stunde geschlagen hat.

Bereiten Sie sich mit kleinen Ritualen aufs Zubettgehen vor: Ihr Körper merkt sie sich und wird bei regelmäßiger Anwendung entsprechend reagieren.

Holterdiepolter sollte man nicht zu Bett gehen.

Schlafbringende Maßnahmen

Kleine Kinder versucht man mit harmlosen Schlafliedern zu beruhigen, ‹Schlaf, Kindlein, schlaf› statt MTV oder VIVA. Wenn die Kleinen größer werden, helfen Gutenachtgeschichten weiter. Auch Erwachsene lassen sich gern etwas vorlesen: Ein paar Seiten Thomas Mann oder Marcel Proust genügen, um bei langsam zufallenden Augenlidern mühelos auf den Zauberberg oder nach Combray zu enteilen.

Wer keine Vorleser in der Nähe hat, beginnt gleichmäßig und bewusst in den Bauch zu atmen und allen unangenehmen Gedanken auszuweichen. Man atmet vor sich hin, sinkt Zug für Zug in tiefere Schlafschichten … und spätestens wenn sich die Bettdecke sanft zu heben und zu senken beginnt, denken wir an Bojen bei leichtem Wellengang und wiegen uns unversehens selbst in den friedlichen Schlaf, der uns ins Mittelmeer oder in die Nordsee entführt.

Schäfchen zu zählen ist eine klassische Ablenkungsmethode; neuere Forschungen raten dazu, Schafe durch Murmeltiere zu ersetzen, während die Murmeltiere wiederum dazu übergegangen sind, Kühe zu zählen …

Und nicht zuletzt könnte man ausnahmsweise auf den Volksmund hören: «Ein gutes Gewissen ist ein sanftes Ruhekissen.» Die Vorbereitung auf diesen beneidenswerten Seelenzustand ist allerdings aufwendig: Wer nie das Tempolimit überschreitet (auch nicht in 30-km/h-Zonen!), die Steuererklärung korrekt ausfüllt, seiner Mutter immer die Wahrheit sagt, keine Dieter-Bohlen-Produkte kauft und von Banküberfällen absieht, fühlt sich

Schäfchen zu zählen ist eine klassische Methode,
die nicht immer zum gewünschten Erfolg führt.

zwar frei von Schuldgefühlen und schläft friedlich auf seinem Ruhekissen ein – doch womöglich ist es auch ungemein anstrengend, sich 24 Stunden zu makelloser Tugendhaftigkeit zu zwingen, und vermutlich bereitet die Angst vor Verfehlungen so viel Stress, dass man kein Auge mehr zutun kann …

Kleine Atemübungen helfen beim Einschlafen: Atmen Sie durch die Nase gleichmäßig und bewusst in den Bauch – so lösen sich Verspannungen.

Sex

Verallgemeinern lässt sich hier nichts, doch die enge Verbindung, die «Schlaf» und «Beischlaf» schon sprachlich aufweisen, kommt nicht von ungefähr. Selbst ein Schlafexperte wie Professor Karl Hecht, der es rigoros ablehnt, das Bett für «schlaffremde Tätigkeiten» zu nutzen, lässt eine Ausnahme zu: «Das Bett sollte ausschließlich für das Schlafen und für die körperliche Liebe genützt werden.»

Selbst wenn man daraus nicht den Umkehrschluss zieht, körperliche Liebe nur auf das Bett zu beschränken, stimmen wir Professor Hecht zu: Ein Liebesspiel, das nicht in Leistungssport ausartet, ist eine hochangenehme, schlafstimulierende Maßnahme, bei der überdies Kalorien verbraucht werden – neueren Zählungen zufolge rund 200 bei halbstündigem aktivem Treiben (bei passivem nur 90!). Auch hier hat die Wissenschaft wichtige Pionierarbeit geleistet und nach der intensiven Beobachtung weiblicher Kaninchen festgestellt, dass deren Schlafphasen nach Geschlechtsverkehr mit einem männlichen Artgenossen zunahmen. Der gleiche Effekt – dies gilt es zu bedenken – wurde auch nach der mechanischen Stimulation ohne Beilager erreicht. Vergleichbare Versuchsreihen mit Murmeltieren sind noch nicht abgeschlossen. Der Bund für Gesundheit e. V. rät uneingeschränkt: «Das allerbeste Schlafmittel vergiss nicht: die Hormone, die beim Liebesspiel dein Körper ausschüttet.» Die

Zigarette danach ist immer zu meiden – allein weil Rauchen fraglos zu den schlaffremden Tätigkeiten zählt.

Es ist wissenschaftlich erwiesen, dass Sex vor der Nachtruhe das Ein- und Durchschlafen erleichtert – und Kalorien verbrauchen Sie auch.

(1)

(2)

3

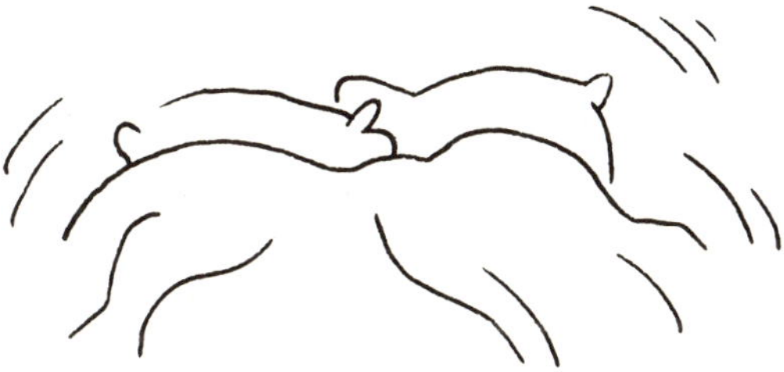

4

Ein Liebesspiel ist eine hochangenehme, schlafstimulierende Maßnahme.

Wie wir schlafen

Typen und Haltungen

Die Vielfalt menschlicher Eigenarten ist unüberschaubar, so auch beim Schlaf. Immerhin lassen sich einige häufig wiederkehrende Haltungen und Merkwürdigkeiten unterscheiden, die es erlauben, unsere Schlafgewohnheiten besser zu verstehen.

Die Löffelchen

Menschen, die zu Harmonie neigen, zeigen dies auch im Schlaf. So schmiegen sich Paare, die sich nahe sind, möglichst eng aneinander. Partner, die in der «Löffelchen»-Stellung die Nacht verbringen, haben gute Chancen, ähnliche Schlafphasen zu durchlaufen. Abweichungen von dieser innigen Position werden vor allem in frischen Beziehungen nicht klaglos akzeptiert.

Fig. a: Die Löffelchen

Die Abwehrschläfer

Paare wiederum, die sich gar nichts zu sagen haben, schlafen so entfernt, wie es die Matratze zulässt, und hüllen sich trotzig in ihre Decken ein: «Und mit Murren und Gebrumm / Kehrt man beiderseits sich um» (Wilhelm Busch). Wehe dem anderen, der es wagt, die Reviergrenzen zu überschreiten oder die gemeinsame Bettdecke an sich zu ziehen. Frauen werden manchmal schwach, weil ihnen zu kalt ist und sie in ihrer Not zur Wärme des Mannes Zuflucht nehmen – auch wenn der Zorn des Tages noch nicht verraucht ist

Fig. b: Die Abwehrschläfer

Die Bauchschläfer

Erfreuen sich keines guten Rufs. Sie gelten als die Warmduscher und Vorwärtseinparker unter den Schläfern. Unschöne Nebeneffekte des Bauchschlafes lassen sich meist nicht vermeiden: Das Gesicht zeigt am nächsten Morgen hässliche Furchen, die sich erst Stunden später wieder glätten, und der Speichelfluss, der in dieser Haltung unausweichlich auftritt, macht Kopfkissen und Betttuch selten ansehnlicher. Überlegen Sie also gut, wie Sie schlafen.

Fig. c: Der Bauchschläfer

Die Schnarcher

Obwohl Menschen, die es im Schlaf mit jeder Kreissäge aufnehmen und ganze Wälder abholzen, ein unverwüstliches Witzthema sind, ist diese Eigenart selten komisch – weder für den Schnarcher, der sich oft in medizinische Behandlung begeben muss, noch für den Beschnarchten, der die Tortur dieser Nonstop-Sägearbeiten kaum aushält. Bis zu achtzig Dezibel beträgt die Lautstärke, zu der sich die (meist männlichen) Schnarcher

Fig. d: Der Schnarcher und die Beschnarchte

aufschwingen, und 10 Prozent von ihnen geben so laute Schlafbegleitgeräusche von sich, dass die geflüchtete Ehefrau selbst im Nebenzimmer keine Ruhe findet. «Schnarche, und du schläfst allein», folgerte der (zweimal verheiratete) Schriftsteller Anthony Burgess. Doch wer nicht willens ist, diese Form der Einsamkeit zu wählen, muss Abhilfe schaffen. Findige Frauen, die es nicht mehr auf sich nehmen, ihre schnarchenden Männer im Halbstundentakt in die Seite zu knuffen, kennen Mittel und Wege, um die schnarchfördernde Rückenlage zu verhindern. In sportlichen Haushalten beliebt ist der so genannte Schnarchball – ein Golfball, der dem Bettpartner auf den Rücken gebunden wird.

Mancher Schnarcher muss für sein Treiben büßen und weckt sich, etwa wenn die 100-Dezibel-Grenze erreicht ist, selbst auf. Dann ist für beide Partner endlich Gelegenheit, dies und jenes zu bereden.

Schlafbegleitgeräusche sind manchmal auf Atemwegserkrankungen zurückzuführen, die behandelbar sind. In jedem Fall lohnt sich ein Besuch beim Allgemeinarzt, der vielleicht weiterhelfen kann.

Die Nacktschläfer

Viele tun es, die Schauspielerin Iris Berben auch, da sie sich von Nachthemden eingeengt fühlt, und von ihrer Kollegin Marilyn Monroe ist überliefert, dass sie sich nachts nur mit Chanel No. 5 umgeben habe. Dennoch ist der Nacktschlaf medizinisch nicht zu befürworten: Bis zu einem Liter Flüssigkeit sondert der Mensch nachts an Feuchtigkeit ab, ein Teil davon wird ausgeatmet, und zwei Drittel scheidet die Haut aus, darunter auch Giftstoffe, die Laken und Matratzen tränken und Bakterien zu

Fig. e: Der Nacktschläfer (links)

längerem Verweilen einladen. Zudem leidet die Muskulatur der unbedeckten Körperpartien – Verkrampfungen und Muskelkater sind die Folgen. Was nützt es da, dass (die meisten) Nacktschläfer sexyer wirken als Vertreter der Pyjama-Fraktion?

Schlafen Sie mit einem bequemen Pyjama oder Nachthemd bekleidet: Unsere Haut sondert nachts Feuchtigkeit ab, die der Stoff aufnehmen kann – so wird eine Unterkühlung und in der Folge verkrampfte Muskulatur verhindert.

Die Schlafwandler und die Redner

Vor allem in Karikaturen finden sie sich, jene Figuren, die – ohne es zu bemerken – ihr Bett verlassen, aus dem Fenster steigen und mit «schlafwandlerischer Sicherheit» Gratwanderungen über Dachfirste unternehmen. In der Realität gibt es das selten, wie das Schlafwandeln, der Somnambulismus, ohnehin vorwiegend bei Jugendlichen bis fünfzehn Jahre auftritt. Weiter verbreitet ist das Sprechen im Schlaf, mit dem manche Menschen nachholen, wozu sie am Tage nicht kamen. Der Schlafredner führt oft weitschweifige Ansprachen, duldet keinen Widerspruch und erinnert sich am folgenden Morgen nicht an

Fig. f: Der Schlafwandler

seine Äußerungen. Zu Komplikationen im partnerschaftlichen Leben kann es kommen, wenn im Schlaf Namen fallen, die dem anderen unbekannt sind. «Wer ist denn diese Julia, deren Namen du heute Nacht ständig ausgerufen hast?» Solche Fragen sind schwer zu beantworten – wenn man eine Julia kennt und auch wenn man keine Julia kennt. Zähneknirscher haben es da leichter: Ihr nächtliches, oft störendes Treiben kann zwar zu Kieferproblemen führen, aber versuchen Sie mal, «Julia» mit den Zähnen zu knirschen.

Machen Sie sich keine Sorgen, wenn Sie im Schlaf reden. Wenn Sie allerdings nachts häufig mit den Zähnen knirschen, sollten Sie sich eine «Beißschiene» anpassen lassen, um unangenehmen Verspannungen im Kieferbereich vorzubeugen.

Fig. g: Der Redner (links)

Kurzschläfer und Langschläfer

Vorschriften nützen hier nichts. Die Schlafrhythmen der Menschen unterscheiden sich, und manche kommen mit weniger Schlaf aus als andere. Langschläfer (mit über neun Stunden Schlaf) gelten mitunter als introvertiert und inaktiv, während Kurzschläfer (mit einem Schlafmittelwert von sechs Stunden) Tatendrang mit Hang zum Genie verkörpern sollen.

Fig. h: Der Kurzschläfer

Fig. i: Der Langschläfer

Freilich gibt es auch für Langschläfer tröstende Beispiele: Johann Wolfgang von Goethe und Albert Einstein wird ein ausgeprägtes Schlafbedürfnis nachgesagt. Beim Mittellangschläfer ist alles möglich, und vielleicht erwischt er es am besten. Der amerikanische Arzt Daniel F. Kripke stellte fest, dass die Sterblichkeitsrate bei Menschen, die zwischen sieben und acht Stunden täglich schlafen, am niedrigsten ist.

Sorgen Sie sich nicht, wenn Sie zu den Kurzschläfern gehören: Ihr Körper und Ihr Gehirn brauchen einfach weniger Zeit zur Regeneration.

Zuletzt wäre in dieser Typenlehre von den «Eulen» und «Lerchen» zu sprechen, doch diese eignen sich ideal als Auftakt des folgenden Kapitels ...

Vom Aufstehen und vom Minischlaf am Tag

Am Morgen

Irgendwann ist der Schlaf zu Ende, und das Sicheinlassen auf den neuen Tag lässt sich auch mit Tricks nicht mehr vermeiden. Manchen fällt das leicht: Sie springen mit Elan und frischem Mut aus dem Bett, trällern ein Lied und sind vor Eifer nicht zu bremsen. Diese «Lerchen» sind Morgenmenschen, deren beste und produktivste Zeit in den ersten Tagesstunden liegt. Die natürlichen Kontrahenten der Lerchen sind die «Eulen», schlaftrunkene Menschen, die das Bett murrend verlassen, sich müde und übellaunig durch den Tag schleppen, ehe sie zu fortgeschrittener Stunde aufblühen und Aktivitäten entwickeln.

Eulen und Lerchen bilden ein schwieriges Gespann harmonischen Beisammenseins. Loki Schmidt, die Frau des Altbundeskanzlers, sieht es als große Tragik ihres Zusammenlebens an, dass sie als ausgeprägter Morgenmensch ausgerechnet mit einem Nachtarbeitstier verheiratet ist. Doch immerhin: Diese Hamburger Eulen-Lerchen-Kombination währt nun schon über 60 Jahre. Ein gemeinsames Frühstück von Eule und Lerche kann allerdings auch zum Anschauungsunterricht dafür werden, dass Menschen im Grunde keine sozialen Wesen sind. Die Lerche jubiliert, plaudert und breitet heiter aus, was der Tag bietet, während die Eule mit tranigem Blick jedes Gespräch durch Einsilbigkeit abblockt und sofort bereit ist, frühes Aufstehen zum Grundübel der Weltgeschichte zu erklären.

Kämpfen Sie nicht gegen Ihren Biorhythmus an, sondern versuchen Sie, Ihren Arbeitsalltag so weit wie möglich danach einzurichten.

Für beide Gruppen gilt, dass der Übergang in den Wachzustand nicht abrupt vorgenommen werden sollte. Körper und Geist müssen warmlaufen, und wen der Gedanke an morgendliche Ertüchtigung nicht schreckt, der mag mit leichten gymnastischen Übungen den Tag beginnen und mit einer Wechseldusche den Organismus auf Trab bringen. Ob der Geist sich auf vergleichbare Weise ankurbeln lässt, ist schwer zu sagen. Sollte man es mit Frühstücksfernsehen versuchen oder mit erster Lektüre? Die Politikerin Hanna-Renate Laurien läutete, so hieß es, ihren Arbeitstag gern mit frühmorgendlicher Cäsar- und Cicero-Lektüre ein. Warum nicht?

Beginnen Sie den Tag mit Ritualen, die Körper und Geist ankurbeln: leichte gymnastische Übungen oder Wechselduschen, Zeitungslektüre oder Musikhören erleichtern das Aufwachen.

Der Übergang in den Wachzustand sollte nicht abrupt vorgenommen werden.

Am Tag

Zwischen Erwachen und Sichniederlegen liegt oft ein langer Tag, der körperliche und geistige Anstrengungen fordert. Sich in diesem Wachzustand «aufs Ohr zu legen» galt lange Zeit als Zeichen der Schwäche und mangelnder Leistungsfähigkeit, die nur Rentnern beim «Nickerchen» zugebilligt wurde. Das ist Schnee von gestern: Man weiß inzwischen, dass ein kurzer, maximal zwanzig Minuten dauernder Minischlaf – etwa nach dem Mittagessen – die Gesundheit fördert und einen neuen Aktivitätsschub verleiht. Der Kurzschlaf braucht keine besondere Vorbereitung und kann, in entspannter Position und ohne Lärmbeeinträchtigung, auch auf dem Stuhl oder im Sessel

Der Kurzschlaf kann auch auf dem Stuhl erfolgen.

erfolgen. Modern geführte Unternehmen bieten ihren Mitarbeitern mittlerweile Möglichkeiten, durch einen Minischlaf Energie aufzutanken. Die Akzeptanz dieser Arbeitsunterbrechung dürfte lediglich für Mitarbeiter des öffentlichen Dienstes schwer zu erreichen sein: Die mit der Einführung des Beamtentums einsetzenden Witze über den «Beamtenschlaf» behaupten, dieser dauere so lange, dass für die Unterbrechung durch einen Minischlaf gar keine Zeit bleibe.

Falls Sie es einrichten können: Ein Minischlaf am Tag von maximal zwanzig Minuten gibt Ihnen einen neuen Aktivitätsschub.

Und zum Schluss: Buch und Augen zu!

Eines ist sicher: Strenge Regeln, nach denen sich der Schlaf garantieren ließe, gibt es nicht. Jeder schläft nach eigenen Gesetzen, und jeder muss versuchen, diese individuellen Gesetze für sich herauszufinden. Wenn Sie sich einige der hier genannten Tipps und Kniffe angeeignet haben, sollte Ihnen das Ein- und Durchschlafen leichter fallen. Aber natürlich gibt es auch Schlafstörungen, die nur vom Arzt zu behandeln sind. Im Zweifelsfall kann man eine Beobachtung im Schlaflabor erwägen, wo der Schlaf eine oder mehrere Nächte lang überwacht wird. Vielleicht hilft es aber auch, dieses Büchlein unters Kopfkissen zu legen?

Ole Könnecke, geboren 1961 im verschlafenen Göttingen, aufgewachsen im geruhsamen Göteborg, lebt jetzt als freier Illustrator in einem stillen Stadtteil von Hamburg.

Autor zahlreicher und Illustrator noch zahlreicherer Bücher, darunter **Halali**, das 1000. Pixibuch, und das preisgekrönte Standardwerk **Doktor Dodo schreibt ein Buch**. Im September 2004 erschien bei Hanser **Anton und die Mädchen**, ein Buch, das alle Fragen beantwortet. Die Fortsetzung **Anton kann zaubern** folgte im März 2006.

Rainer Moritz, geboren 1958 in Heilbronn, studierte Germanistik, Philosophie und Romanistik und schlief auch damals nur sechs Stunden täglich. Wenn ihn seine eigenen nächtlichen Ausführungen aus dem Schlaf reißen, nimmt er gern die ersten Seiten aus Marcel Prousts **Auf der Suche nach der verlorenen Zeit** zur Hand, wo ausführlich über Einschlafprobleme berichtet wird. Von 1998 bis Ende 2004 leitete er den Hoffmann und Campe Verlag. Seit Anfang 2005 ist Rainer Moritz Leiter des Literaturhauses Hamburg. Er ist Autor zahlreicher Bücher, darunter das Grundlagenwerk **Schlager. Kleine Philosophie der Passionen** und **Das Buch zum Buch**.

Kathleen Keating
Der kleine Knuddeltherapeut
Mit Zeichnungen von Mimi Noland
Knuddeln tut gut! Es baut Spannungen ab, hilft gegen Einsamkeit, zerstreut Ängste, hält jung. Was man übers Knuddeln und Geknuddeltwerden wissen muss, zeigen Kathleen Keating und die Knuddelbären.
rororo 24250

rororo

Schönste Geschenke von rororo – jeden Monat neu

Charlotte Link
Die Insel
Eine mörderische Geschichte
Er hatte der Glitzerwelt nie getraut. Sylt, die Insel der Schönen und Reichen, war für einen Mann mit bescheidenen Ansprüchen nicht der rechte Platz. Doch Clara zuliebe verbringt er hier Jahr für Jahr seine Ferien. Aber nun ist Clara verschwunden ... Illustrationen von Horst Meyer.
rororo 24297

Rosalie und Trüffel
Eine Geschichte von der Liebe
von Katja Reider
Mit Bildern von Jutta Bücker
Ein Blick – und schon ist es um sie geschehen: Rosalie und Trüffel, die sich zufällig unter dem Apfelbaum treffen, sind verliebt! Hier ist ihre Liebesgeschichte, zu lesen aus Rosalies und aus Trüffels Sicht.
rororo 24238

BW 34/2

Weitere Informationen in der Rowohlt Revue *oder unter* www.rororo.de